가
설
정
원

시인의일요일시집 **014**

가설정원

1판 1쇄 펴냄 2023년 3월 10일
1판 2쇄 펴냄 2023년 11월 7일

지 은 이 김예강
펴 낸 이 김경희
펴 낸 곳 시인의일요일

표지·본문디자인 노블애드
경영지원 양정열

출판등록 제2021-000085호
주   소 경기도 용인시 기흥구 연원로42번길 2
전   화 031-890-2004
팩   스 031-890-2005
전자우편 sundaypoet@naver.com
블 로 그 https://blog.naver.com/sundaypoet

ISBN 979-11-92732-04-6 (03810)

값 12,000원

* 이 도서는 2023년 한국문화예술위원회 아르코문학창작기금(발간지원) 사업에 선정되어
  발간되었습니다.

가
설
정
원

김예강 시집

| 시인의 말 |

세상의 모든
정원사에게

| 차 례 |

1부

2부

3부

4부

1부

수습사원 재단사 K

잘린 천 조각들이 수생식물의 잎 같다
바닥에 떠다닌다
그는 자르면서
잘라 내면서 소매를 단다
가윗날이 스치자
도마뱀이 꼬리를 자르고 달아난다
잘려 나간 천 조각들이
재생된 꼬리를 흔들며 풀밭으로 숨어든다
날개가 될지도 모르는
추락이 시작할지도 모르는 커버
여기 한 점에서 길들은 끝나고 시작한다
그가 요청받은 상의가 완성되어 간다 이 바닥은 처음이다
옷감을 커다란 탁자 위에 반듯하게 펴서 올려놓으면
도마뱀은 정체를 숨기고 가만히 기다린다
덥석 손이 가고 재빠르게 달아나는 도마뱀
연못 속으로 도마뱀은 사라졌을까
그는 검은 옷을 입고 출근한다
빨주노초파남보 색들이 잠자고 있는 검은색

다른 사람이 되는 것을 지켜 주는 검은 옷은
평안하다 빛들이 쉬고 있는 검은 옷
3개월 수습사원인 K
파산했고 혼밥하는 원룸 창가에 초록 화분이 자란다
수생식물을 배 위에 올려놓고 연못이 키우고 있다
바깥은 춥고 안보다 따스하다
그는 그림을 그리다 잠이 든다
어느새 머리에 5cm 돋아난 새싹이 자란다
입을 벌려 본다 기뻐하는 사람처럼
다리는 얼굴에 붙어서 작아지고
두 팔도 얼굴에 붙어 작아진다
무엇에 경이를 드리는 듯
무릎을 구부리고 식물 앞에 쪼그리고 앉는다
다른 무엇이 되려고 한다

새들이 짓는 집

바람에 흔들리는 나뭇가지가
은신처라며
우듬지에 새집이 있다

벼랑이고
국경이겠구나

잎사귀로 가려지는 집이
집이라며
가슴팍 털을 뽑고
지푸라기 나무꼬챙이
집이 있다

너에게 나에게
우리는
입 속에다 먹이를 물어다 넣어 주는
피의 시간을 지나

이소離巢의 순간은
얼마나 환했을까
그 빛은 집을 다 태웠구나

바람을 몸에 묻히고
바람의 속도를
배우려고
바람의 냄새를 새들이 맡는다

바람이 사는 길에서
새는 잔다

다시 집은 없고
집에 돌아오지 않는다

우듬지에 새집이 있다

나무는

우듬지에 훈장을 달고
흔들린다

채광창

구두를 벗어 말린다
생은 여기까지라던 12월

기둥 없이 떠 있는 방
너는 매일 건축을 생각했다
열어 둔 서랍인 듯
햇빛 드는 집이 건축된다고
너는 말했다
야트막한 언덕 집은
강의 서랍처럼
입구에 새가 와서 앉는다

지상의 언덕에서 자꾸 꽃이 핀다
12개의 채광창이 생화처럼 피는
일 년은 따스할 것이다
빛의 속기를 누가 읽을 수 있나
흰 수염을 털며 총알을 장전하던 햇빛
오래 달려온 햇빛

이마와 눈이 다 늙은 채
방아쇠를 당긴다
우리는 폐허에서 또 폐허가 되어
모든 것이 고요해진다

텅 빈 집의 바닥에 당신이 앉는다
명중되기까지 몇 번이나 생은
몸을 바꾸는가
집은 미완인 채 우리를 찾는다
당신이 돌아온다 우리를 찾는다

언니

나팔꽃 섶을 짓는다 나팔꽃 덩굴이 타고 올라갈
비를 맞는 여름정원에서
같은 우산 아래 나는 언니와 같은 장화를 신고 있다

여긴 유독 센 바람이 부네
흔들리는 정원에서 흔들리는 기둥을 세운다
세상의 시계를 버린 꽃, 이제 잡고 있는 시계는 태양뿐이라고
태양 쪽을 향해 달려가는 아침이 있으라
이 섶에 나팔꽃이 고사리손 덩굴을 감고 필 것이다
분홍 하얀 파란 나팔꽃은
작은 자전거 바퀴를 천천히 굴릴 것이다

나팔꽃 손을 잡아 준다
땅에서 서지 못하는 나팔꽃 손을 섶에 감는다
내민 손이 늘 주저하는 나팔꽃은 섶을 잡지 않을 수도 있을 것
이다
나팔꽃 손을 잡아 준다

언니는 망치를 안고 잠을 잘 것이다 여름정원에서
밭을 살리려고 꽃을 엎는 정원사처럼
사나운 그늘도 부수고 뜯어낼 것이다

혹, 자전거가 늪에 빠져 악어 이빨이 자라난다면
혹, 들판에서 염소 뿔에 들이받힌다면
염소 똥 같은 덩굴손은 동그랗게 매어 주며
어떻게 할까 밤을 지새울 것이다

나는 언니와 같은 비를 맞고 같은 우산을 들고
언니와 같은 장화를 신고
나팔꽃 섶을 짓는다
흔들리는 집을 흔들리지 않을 집을 지을 것이다

발가락 깁스에 목발로 바다로 갔어요

구름 속에 든 새
이건 제 새끼발가락입니다
비에 날개가 젖을까 봐
구름은 비가 되지도 않아요

회색 사다리는
나의 목발입니다
사다리를 닮은 목발, 요트를 닮은 목발
바다에 집을 지을 겁니다

나는 사다리를 긴 머리채처럼 늘어뜨리고
높은 성 아래로
사다리를 내려서 해안에 다다랐을 때
구름 속에 든 새를 날려 보낼 거예요

고양이가 대숲에서 들락날락하다 숨는 둥근 수평선
요트를 타고
물의 주름을 펴면서

집을 지을 겁니다

그러다 덜컹거리는 길을 만나
자동차 바퀴가 펑크 나면 공터에서
새를 푸드덕 날려 보내려고요

견인차가 달려온다면
나는 공중에도 바닥이 있다는 듯이
사다리를 타고 올라 견인차 위에 구름을 얹고 그 속에 새를 넣
을 거예요
견인차에 실린 요트
사다리를 들고
오르락내리락 엎어지는 요트, 일어서는 한 척의 요트
견인차에 구름과 사다리와 새를 태우고 바다로 갔어요
이런 견인차를 상상해 보세요

우리가 고르는 정장 슈트

오늘 우리는 넷,
누구 옷을 고르는 일로 인디안 매장에 왔을까?

네 사람이 찾을 정장을 입을 사람은 누구?
우리 집에 가장 큰 어른, 은퇴한, 남쪽 바다
언저리 아로니아 밭을 일구는, 암수술을 한, 바로 큰형부

까만 정장으로 입어 봐요
—까만색은 늙지도 않지만 모두가 너무 늙어 버린 시간 너머에
　가 있는 색이잖아요
　밤이 배웅하는 새벽조차 조문하잖아요
점원은 쉴 새 없이 옷을 권한다
—작은 체크무늬가 살이 좀 있어 보이겠어요
—셔츠도 바꾸시고 바지도 착용해 보세요

머리에서 발끝까지
우리는 결혼식 하객 정장을 찾는다

슈트는 집처럼 문을 열어 형부를 맞이한다
형부도 몸을 낮추어 문 안으로 들어가 둘러본다
몸에 다가가려 하고 몸을 맞이하려 하는 시간은 남쪽 바다
완강한 파도가 몸을 부수고서 해변에 다다르면
해변은 몸이 길어진다
옷을 뚫고 몸이 드러난다 옷은
몸에서 드러나는 결의에
지은 집을 부순다 쉽사리 저항할 수가 없다

오늘의 주인공은 거듭 슈트를 입고 벗고
오늘의 모델은 옷에 몸을 기울이고
결혼식 하객의 마음

우리는 넷, 정장을 찾는다
매장 안의 옷들이 귀를 세우고
어떤 노래가 들리는지 눈을 감는다

가족

한 페이지를 열흘째 보고 있다

오빠는 우산을 펼쳐 든 캐릭터
이모티콘을 보내왔다

나는 버스를 기다린다

—지금 난 슬픔입니다
틀지도 않은 노래가 들린다

펼쳐 든 우산이 시커먼 구름 덩이로 변해 있다

나는 음악을 틀고 버스를 기다린다
아무도 춤추지 않는 거리에서
노래가 들린다

오빠가 비 내리는 나무를
머리에 이고 서 있다 언제 이런 캐릭터가 되었을까

얼굴에는 눈이 없는 직사각형 얼굴이
입만 그려진 채로
얼굴보다 큰 비가 내려서 길어지는 얼굴
숨길 수 없는 눈을 어디다 두었을까
그래서 너무 많은 눈들이 유리창에 붙어 있는 것일까

비가 거리의
한 모서리를 접어 눌린다
한 페이지를 구긴다

딱딱한 침대 속에서

지저귀는 새

이건 평온을 말하고 있습니다
작고 뾰족합니다
작고 뾰족한 주먹입니다
고요한 나무를 그립니다
밤이 고요해지고 깊어져서 밤을 잃어야
고요해진 나무에서 내려와
유리창 아래서 지저귑니다

고요한 아침이 더 깊어지도록 작은 새들이
지저귑니다

잠의 끝은 누구의 고요일까요
절벽에서 부르는 노래의 끝은

나의 노래가 끝나기를 기다리고 있던 작고 뾰족한 새들을 색
칠합니다
밤의 절벽에서 깜박 졸다 듣는 노래를 가져가기 위해
우리 집 창밖에 모여든 주먹들이 펴지는

나의 노래가 불처럼 바람처럼
스윙처럼 허밍처럼
태양 안의 새를 부르는 노래를 부르고 싶었어요
모로 누워 부른 노래가 멈추고
절벽의 기분을 듣는 노래가 멈추고
안개산을 오르는 노래가 멈추고
스텝 스텝 맴돌고 있는 노래가 멈추고
무릎으로 걷는 노래가 멈추고
여기까지 큐레이터는 작품을 말합니다
지저귀는 새는 고요해서 웁니다

못의 대화

나는 언덕 위 나부끼는 한 그루 나무를 액자라고 부릅니다
편백나무 향이 묻어나는 액자를 건들거리며 벽에 걸지요

나부끼는 새는 겨울나무의 잎이 되거라
나부끼는 나뭇가지에 앉아 파릇한 잎이 돋거라

그러면서 탕 탕 탕

기차는 달려요 정면의 의자라고 부르는 바람은 나를 태우고
미지의 세계로 가요
뒤가 돌아다 보이지 않는 의자는 나를 태우고
웃는 얼굴들이 가득 찬 역을 향해 가요
기차에 오르는 사진 속의 얼굴들
왜 웃고만 있는지요

그 길에 들자 내가 달려온 속도를 잃고
나는 멈춰 섰지요
사각의 액자 속으로 들어가는 거예요

길에 밀착해서 천천히 걷고 있는 것이 아닌가요
다음의 생인지도 모르겠어요

햇살 속에서 내가 벗어 놓은 옷들은
깃털처럼 날렸어요 누가 나눠 가진 걸까요

손가락 끝은 늘 간지럽습니다
숲을 찢고 날아오르는 새 한 마리
주먹 쥔 손을 펴 봅니다 하얀 목련이 주먹을 쥐고 서 있다니요

트랙 멀리

엄마, 엄마, 엄마
마구 마구 마구 떨어지는 별들
별들의 트랙

저녁의 트랙을 세 바퀴째 돌고
나는 옷장을 열었는데 눈밭 속에 있어요

두 마리 강아지와 목발 짚은 여인이
뛰어가는 강아지를 부르고 기다리는
눈밭에서

마구 마구 던진 눈뭉치
마구 마구 뭉친 눈송이
마구 마구 양배추가 떨어지는

나선형 트랙을 세 바퀴째 돌고
마주 오는 자전거를 탔는데
달리는 별들

표정이 떨어져 나간 양배추
눈발 속에 안고

우리가 돌아간 각자의 집
냉장고에서 신선한 음식을 내다 버렸어요

흰죽

이 빛 속에 들면 좁다랗고 투명한 긴 잎사귀를 단 나무가 되기도
핏덩이를 갓 받아 품에 들이는 어미가 되기도
그를 내어 숨을 불어 넣는
죽이 비로소 되는

눈 감은 자들이 보여 주는 소리들
아기를 삼키고 내는 천상의 소리들
한 소리를 잡아 한 걸음 한 걸음 다가서는 빛
물이 되기도 바람이 되기도 하는

죽 한 숟가락을 떠넘길 수 있기까지
마음이 씹어 넘기는 양식이 되기까지

눈 덮인 지붕 아래 잠든 길들이 언어를 잃기 시작한다
지붕은 기억들이 읽고 버린 온기들이 소복이 쌓인다

두드린 문이 조금씩 열렸지만 바람은 열린 문을 다시 닫아
버린다

삐걱대다 닫힌 문은 비장한 손에 거머쥔 운명들을 놓아 주지
않는다

가파른 계단을 올라 집에 가는 길
흰여울 길을 지난다

연일 이어지는 대설주의보

휘저은 죽,
연일 길은 갸르릉거린다 그러나 돌아가야 할 집,
집에 닿기까지,
이 폭설을 다 맞는다

오늘

링이 있다
신축건물 공사장 고공 기둥 사이
철근에 콩알같이 붙은 사내가 쐐기를 박는
강철의 목을 조르고 잽을 먹이는
링에서 마지막은 걸어 내려가야 한다

숨은 배후를 강적은 숨기고 있다
탕탕탕 바닥을 쳐서 상대를 쓰러뜨린 후
링을 떠나야 한다

기타로 대가리를 후려쳐서
반칙을 부를 수도 있다

관중은 오고 있다
여덟 개의 다리가 필요한 거미처럼
태양 속에서 홀로 싸움을 한다
까마귀가 관중이거나
먹구름이거나

어스름해져서 상대의 눈알이 보이지 않으면
링은 철수한다
오직 링뿐

탕탕탕 따귀를 때리고 링은 막을 내린다
오늘의 링은 내일의 링에게
인수인계된다 하루치의 싸움이 막을 내린다

내일의 링은 불로 만나리라
그의 심장은 얼음과 맞대어 있다

공중의 링
링은 문이 없고 벽이 없다
오직 현장 그 바닥만 있다

피노키오의 기도

심장의 말이 차오르면 말하는 눈을 달아 주세요
눈동자가 생기기도 전에 말해 버린 말들은 불태워 주세요
당신의 얼굴이 비춰지는 눈동자를 박아 주세요
심장이 차오르면 말하는 손을 달아 주세요
발소리가 들리는 구두를 신겨 주세요
커다란 웃음을 만드는 입을 달아 주세요
도서관 계단을 올라서 뜨거운 태양을 손바닥으로 가릴
손, 손을 잡고 구두를 신고 춤을 출 발,
무덤과 무덤 사이에서
내가 당나귀였던 나의 울음을 기억할 귀를 달아 주세요
귀뚜라미의 영혼이 귓전에서 속삭이는 말을 듣게 해 주세요
차오르는 심장을 달아 주세요

명동

무덤을 안았군요
간신히 몸을 일으키는 노파를 보았다
일어나는 노파를 보았다
노파가 노파를 어루만져서 일어나고 있는
노파를 보았다 노파가 노파를 일으켰고
울음이 울음을 꼿꼿하게 등을 세우게 했다
가까스로 나아가는 노파가 있다
울음이 그토록 꼿꼿해서 왜 우는지 물어볼 수 없는 꽃이
꽃병에 꽂힌 채 싱싱하다
문이 열리면 새 모양 종은 일곱 번이나
몸뚱이를 내밀고 함께 울어 주었다 닫히는 문 앞에서
무릎을 꿇는 노파가 있다 더없이 애절한 뒷모습
울지 않아서 더 슬픈
촛불을 켜자 웃고 박수치고 축가를 부르자
대형 천막을 펼치자 한 그릇 국밥을 끓이자
당신은 어디가 아픕니까
집은 있나요

2부

드로잉

당신이 비로소
말을 한다

얼음의 노래인가
차갑고도 투명하다
녹아내리면서
말을 한다
당신의 눈은 찌그려져 가고
반짝인다
당신의 눈이
말을 한다

나는 당신의 어깨를 흔든다
톡톡 등을 두드린다
손가락 끝이 닿자
그림자가 흔들린다

당신이 비로소

말을 한다

뒷모습이 작아지는 당신이
녹아내린다
걸어가던 당신이 멈춘다
당신이 비로소
말을 한다

눈물

흐르는 눈물을 담아 두는 병을
고대 중동사람들은 갖고 있었다고 한다
일생 모아 둔 눈물을 죽을 때 함께 묻어 준다고 한다
눈물은 어제의 푸른 망토를 오늘은 입지 않으리
병에 담아 두지 않으면 흘러내려 홍수를 내는 것
장미의 입을, 백조의 긴 목을 비트는 것
뺨에 흐르는 눈물이 망치로 가슴을 두들겨 패는 것
가여운 그녀를 안았다
그녀가 눈물처럼 몸을 동그랗게 말았다
나는 오른손에 잡힌 백조의 목에 눈물을 담는다
내가 보관하고 있는 나의 눈물이여,
눈물병은 나의 방에서 가장 눈에 잘 띄는 자리에 두는 거라고
한다
성스러운 장소를 순례하듯이
무덤에 같이 묻힐 눈물을 순례한다

도마

소나무 주름을 만져 보기로 하자
두 팔은 구름을 안고
숙성될 때까지

구름은 냉장고에 넣어 두자
금방 뚝뚝
수국 송이가 나오네 오븐에 넣을까 말까

구름을 안고 부엌을 닦는다
털이 하얀 고양이 눈동자는 하늘색이야
집에 가자

멜빵바지 속 구름을 끄집어내자
건초 더미 속으로 건초 더미로 비
칼질하는 비

화요일 오전은 비가 내리지 않네

구름을 열어 가방을 꺼내자
홈질된 식탁 매트 좀 꺼내 줄래

화요일 오전은 비가 내리지 않네

이제 도마를 안고 달리자
심장이 아직 뛰고 있는 소나무
나이테를 안아 주자
살림이 힘들었겠구나
몇 살이지

수국정원

거짓말이 핀다 폭탄이 되려고
이 정원은 푸른
말만 부푼다 자동차가 달릴 때마다 도로는
거짓말을 퍼뜨린다 거짓말이
아니라고 말할 거짓말이 지나간다 거짓말이 피어 있다
구역질이 나는 참말이 점점 붉은 말로 색을 바꾼다
이 구역, 저 구역이 얼굴을 붉힌다
눈이 사라진 자리에 입술은 지저귄다 귀가 사라지고 입술이
코가 퇴화하여 입술로 입술이 한 송이 꽃이
흔들린다 붉은 참말이 흔들린다
거짓말이 거짓말에 기댄다 이마가 맞붙고 속삭인다
가녀린 몸이 휘청거린다 너무 많은 입술이 실려
기우뚱하다가도 피어 있다
도로는 정원의 거미줄에 걸려 긴장하다 곧 도로가 된다
잎사귀가 귀와 바꾼 꽃이 입 속에 나비를 한가득 물고
삼키려다 뱉어 버리려다 물고만 있다
거짓말은 거짓말을
이어받고 거짓말이 자란다

둥근 얼굴이 완성된다 흩트림 없이 얼굴은 유지된다
건드리면 터질지도 모를
유효기간이 만료되는 거짓말 휘고 구불해지고 늘어지는
저항이 퇴색되어 가는 이 정원은 더 이상 비밀이 유효하지
않을 때 색을 벗는다 정확히 폭발 직전에 정원은
입을 벌려 나비를 날려 보낸다
그러고는 폭발한다

잘 모르는 사이인 당신 노래를 듣는 밤

잘 모르는 사이인 당신 노래를 듣는 밤
노래가 걸어간다 나의 노래
잘 아는 사이인 당신 노래를 듣는 밤
검은 산 눈알이 껌벅이다 더 커지는
노래는 뱀처럼 기어 나가 어떤 불빛으로 반짝이는
검은 허물을 벗어 두고 밤 산을 타러 집을 빠져나가는
처음 듣는 당신 노래
곱게 봉한 편지를 받아 든 저녁처럼
한 나흘 뜯지 않고 둔 편지처럼
깃 세운 편지 사연처럼
처음 듣는 당신 노래
밀랍으로 봉하는
처음의 노래들 마지막의 노래들
당신 노래에는 가사가 없는
당신 노래에는 이미지가 없는
봉인된 편지의 깃을 뜯어내는
목소리에 깃든 당신의 삶
우여곡절

가녀린 칼날의 춤이 부르는 노래
겹겹 산 능선이 휘감고 흐른 밤이 풀어지는 노래
잘 모르는 사이인 당신이 노래를 한다
잘 아는 사이인 당신이 노래를 한다
내 몸에서 무슨 음악이라도 들리는지
바짝 귀를 붙이고 흠칫 뒷걸음을 친다
저 달이
두려움 없이 기쁨 없이

안개

겹은 얇고 얇아
어디 갈 데 없어 창마다 기웃하는

빌딩 저기
아파트 저기
빌라 지붕들 저기

단단한 색 저기
저들만의 저기

찢어진 빌딩과 조각난 산이
둥둥 떠 있는 저기

이럴 때 악어가 출몰한다는
밤의 이야기가 있지

검고 흰 단단하고 부드러운
겹을 찢고

창문마다 배를 붙여 안을 들여다보는
악어가

기어 들어오지 못하도록
꽁꽁 문을 틀어 잠그렴

늪에서 솟구치는
악어 떼를 보렴

저 빌딩
저 아파트
저 빌라

그녀가 울고 있다

그녀에게서 빠져나와 날아가는 새,
그녀가 울고 있다 고통의 벽에 기대고
그녀가 허물어진다
그녀가 울고 있다 고통의 바닥에 기대고
바닥에 앉은 그녀가 허물어진다
이쪽을 보고 더 울고 있다 이쪽은
그녀가 새를 잘 떠나보내기를
새가 잘 날아가기를 바라며
그녀를 지켜본다
그녀가 울고 있다
그녀가 이쪽을 보고 잠시
참았던 울음을 다시 울기 시작한다
기울어진 등이 허물어지고
무릎 속에 그녀가 허물어진다
빨갛게 부은 눈에게
축 늘어진 그녀에게
슬픔도 기쁨도 느끼지 않는 천사
즐겁지도 고통스럽지도 않는 천사

잠자지 않는 천사가 지켜봐 주기를
나무는 가지를 흔들고 있다
밤낮없이
천사는 달려온다고 했다
그녀의 새를 날려보내 준다고 했다
손바닥을 펴서 들여다보면
새로 생겨난 별자리
수호천사의 날개가 붙어 있는 거라고 했다

생일

어느 날
너 다리 밑에서 주워 왔지

흔한 이야기는 흔하지 않은 이야기

누구에게나 일 년에 단 하루
하늘 문이 열리는 날이 찾아온다는
빨간 동그라미 친 귀빠진 날

눈이 내리지 않는 창밖은
눈 내리는 날을 기억해서
온통 함박눈 송이

입김 불어 촛불을 끄면서
다시 태어나요
잃었던 나의 얼굴이 찾아와
들려주는 특별한 이야기

누구이든 이 의자에 앉아
불과 물이여
고민 없이 들려주는

강보와 요람에 깃든
아기의 화답송을 들어요

물 발자국

걷는다
두 눈에 진흙을 바르고

히스기야터널
캄캄한 물길

허벅지에 물이 차오르면
바지를 잘라 낸다

왼손이 벽을 짚고
오른손이 찢어진 옷을 쥐고
발자국을 찍는 물길

구불하고
좁은
물길

기우뚱해지는 오른발

앞서가던 당신이
자박자박
잘 가고 있다는
물에 띄운 기별
잘 따라오라는 기별

물이 전해 주는
물 위에 찍힌 발자국

물이 전해 주는 당신의 발자국
기척 고스란히 나에게 달려와
지팡이가 된다

뛰노는 아이들

마을 입구에는
검문을 서다 잠든 거위

내 자동차는 살금살금
마을을 빠져나오겠지

인디언 추장이 길목을 막고
우당탕탕 춤추고
새 깃털이 날아다니고

새들이 우리들의 입을 물고 날아가서
숲은 한층 소란해지기 전에

산 아래 마을은 아이들이 있는 마을
뛰고 놀고 웃는 소리가
마을 농사라서
그 웃음이 작아지기 전에

나는 고개를 숙여 무릎을 낮추고
마을에서 비껴 서 주겠지

동그라미를 그리며 동굴로 돌아가는
한 마리 여우가 되어
달리고 달리겠지

덜컥 겁나서 나는
그림책을 덮어 버리겠지
우리는 식물이고
움직이므로

구름의 표정

너는
새롭게 태어난 그림자에게 표정을 산다
죽은 별이 던지고 간 표정을 바꿔 낀다 표정 없이
흘러가는 구간은 단지 터널 속 달리는 속도보다
터널이 밀어내는 속도가 센 구간,
어떤 구름을 입고 아주 먼 곳으로
흘러간다 하나의 별인 채로 아직도 하나의 별인
그는 무섭지 않은 표정 속에
웃어도 웃는 표정이 아닌 표정인 채로
우의를 벗지 않은 채로
우의 속에 표정을 가린다
비가 되는 장미의 표정으로
장대비를 쏟아 내는 구름이 있다
너는 멀리까지 흘러가 있으므로
그림자는 저녁에 도착했고
나는 너의 표정에게 다음 날 아침에 안부를 전한다
우기 속에서 우리는 우산을 접고 표정을
숨긴다 내가 나에게 건네는 유리창 내가 나에게

건네는 의자 흘러간다 안부가 되지 못한 표정이
우리의 얼굴에서 지고 있다
떨어지는 장미의 표정으로
구름에서 빠져나온 구름
같은 계절이 반복된다
나는 마지막 표정을 반복한다
커다란 우산 속에서 얼굴이 없다

바게트 먹기

—겨울산행

우리는 바게트를 뜯지 이렇게 커다란 바게트를 본 적 있니? 두 툼하고 길쭉한 바게트를 뜯지 동시에 들고 옷을 꺼입고 우주비 행사처럼 춤추며 걷지 걸으면서 빵을 뜯지 어떤 길은 딱딱해서 깨물어지지 않아 미끄럼을 타지 돌층계라도 있으면 어떻게 하지 우리는 바게트를 물고 오른발 왼발 한발뛰기를 하지 바위를 타 고 올라 사진을 찍지 우주비행사처럼 깃발을 꽂지 바위 위에 앉 아 빵을 뜯지 고양이가 바라본다면 바게트 맛을 나눌게 딱딱해 서 고소한 빵을 뜯다 보면 길이 생기지 숲길로 갈까 쓰러져 있는 나무를 지나 뛰는 거야 냉동 빵을 오븐에 넣고 돌리지 1분 30초 동안, 진달래가 피겠지, 부푼 빵이 보이지 바위 위의 식사를, 바 게트를 안고, 나무와 나무 사이, 종이처럼 날아 떨어지기도 날아 오르기도 하는 새를 보며 바게트를 뜯지 새가 머무는 자리는 빛 이 새어 나오는 창 같아서 걸음이 느려지지 모서리에서 봄이 태어 날 텐데 잎들이 색을 채워 넣을 텐데 바게트를 물고 털레털레 걸 어가는 구간이 있어 뛰어야지 그리고 뒤로 걷는 거야 평평한 산 중턱에서 곧장 직진하는 거야 직전의 걸음을 벗어나 느릿해지다 가 내리막길이 끝나면 길이 보이는 데까지 곧바로 걷는 거야 천천 히 길의 속도를 가지는 거야 다시 네 갈래 길로 돌아와 오르막길에 접어들지 무릎을 굽히지 가파르게 기어가는 백 개 다리를 움직이는 지네처럼 춤추며 걷지 바게트를 누가 두고 간 걸까

얼음 위 식사

처음 보는 너는 나랑 닮았네
혹시 우린 같은 펭귄

두 팔이 날개란 걸
물속에서 보여 주고 싶어

날개를 접고
내가 박차고 오른 수면
얼음 위에서
너를 안을 수 있지

우리는 같은 고글을 나누어 끼지
같은 물속에서 손을 놓친 18초

내 날개 속에
돛단배에 물고기 한 마리
언덕 위의 불타는 난로

돛단배에 물고기 한 마리
언덕 위의 불타는 난로는 너의 꿈
나의 꿈이기도 해

얼음 위 식사
얼음 위 잠이라서

곧추서서 뒤뚱뒤뚱 걸어가
너를 안을 수 있어

얼음 위라야 사랑할 수 있어
매일매일

물방울

제단에 오른 사제가
깊숙이 몸을 숙여 제대에 입맞춤을 한다
당신의 종, 낮은 자리의 종이오니

등을 낮게 구부리는 순간

물방울
사제는 동그랗고 작은 물방울

낮은 곳으로 낮은 곳으로
흐르는 물방울
가벼워
두둥실 떠오르는
물방울
날아가는
물방울

물방울에서 물방울이

작은
물방울이

커다란 물방울이 된다

지구처럼 커다란 물방울
태양처럼 커다란 물방울

모든 것에 모든 것이 되는
물방울이 된다

지구만 한 시계

기억은 큼직한 시계가 나를 안고 있는 지구 같다
기억을 파는 가게를 발견하고 초인종을 누르는 순간,
들어가야 할지 되돌아가야 할지 모르는 순간,
나의 바코드인 기억의 무늬를 출입문에 찍고
기억의 목록을 살려 내는 모니터,
장바구니에 기억의 꽃들을 담는다

　　아이는 얼굴을 가리고 나무에 기대고
　　엄마는 숨는다

하나, 둘, 셋, 가렸던 손을 얼굴에서 떼는 사이,
벚꽃이 피어난다, 아이가 뒤뚱뒤뚱
엄마는 살금살금 다가가는 사이
살짝 가려지고 보이고 가려지는 벚꽃 속에

　　엄마, 안 보이는 엄마,
　　꽃 좀 봐 엄마가 가리키는

12시를 알리는 시계 소리가 요란하게 울리듯
나무는 꽃잎을 털어 낸다
유리구두 한쪽을 남겨 둔 채 황급히 마차를 타고 달린다
흰 갈기가 휘날린다, 엄마였다가 꽃송이였다가 엄마였다가
그러다 고요한 외딴집 급히 어른이 된 아이,
엄마가 달려와 아이를 끌어안는다, 여기까지 왔구나
여기 와 있었구나, 기억은 큼직한 시계가 나를 안고 있는
지구 같다, 초인종을 누르는 순간이고
꽃 좀 봐
손가락으로 아이가 꽃을 가리키는 순간이고

현관에는 큼직한 신발 한 켤레 가지런히 놓여 있다

에코백

에코백을 어깨에 걸고 거리를 걷다 보면
하얀 광목을 네모로 잘라 만든 들판
나는 에코백이라는 선한 종족이
가끔 들려주는 푸가를 듣는다
거칠지 않은 바람으로 거리에서
강렬한 태양의 냄새로 거리에서

그러고 나는
베란다에 새장을 걸어 둔다

새를 새장에 넣어 둔다
새는 팔을 휘저어
어디로 되돌아가려는 것일까
부리에 묻힌 허공
휘어진 어깨
늘어뜨린 팔
그러고 새는 베란다에 산다

하얀 천 조각이 걸린
베란다
작은 네모의 얼굴로
살고 있다

새의 심장 같은 붉은 저항을 푸가로 들려주며
깃발처럼 나부끼는
선한 종족 에코백족

은행 사거리에서도
지하철 역사에서도
마음을 조각조각 어깨에 메고
나부낀다

종이처럼

눈앞에서 고양이가 까치 한 마리를 낚아채고 날았다 계단에
서 까치를 물고 고양이가 날자 계단이 허물어진다 눈앞에서 계
단이 비명을 지른다 종이처럼 찢어지기라도 한 듯, 종이라서 지
워지기라도 한 듯 비명을 지른다 계단 위를 날며 살아남은 까치
들이 운다 슬픔이 시작한다 눈앞에서 슬픔이 천막을 친다 늙은
벚나무가 버찌를 후두두둑 떨구고 운다 바닥은 슬픔이 흥건하
다 슬픔은 검고 슬픔은 번진다 구름 속에 태양이 검은 옷을 입
고 운다 까치들은 눈알을 빼고 운다 눈앞에서 허물어진 계단이
슬픔으로 태어난다 행인들이 서서히 구겨졌던 몸을 펴서 느리게
걸어간다

3부|

작은 별이 해변에서

고개를 숙이고 해변에서
천천히 걸어가는 사람들

물에 발을 조금 적시고
파도를 조금 떼어 먹는 사람들

어른이 되고도 어린아이 같은 사람들

여름이 되기 위해 지구가
기울이는 몸을 따라 기우뚱해지는 사람들
조금 느끼는 기분

이 가장자리는
처음 여름을 맞이하는 것 같은 사람들

별이 웃고 있는 것을 보는 아이들
모래에서 성을 쌓는 아이들
크리스마스를 맞이하는 해변에서

그러나 저편 혼자 새해를 맞이하는 아침처럼
생일날 부서진 장난감을 손에 쥔 어린아이처럼

천천히 고개를 숙이고
밀려오는 물결의 가장자리에
그림을 그리는 사람들
해변에서 발이 없는 사람들

기도

꽃병을 안고 욕실로 갑니다
꽃병에서 시든 꽃잎을 떼어 줍니다
꽃병을 안고 욕실로 갑니다
거꾸로 들어 밑동을 잘라 줍니다
내가 잘려 나갑니다
꽃병을 안고 욕실로 갑니다
꽃대를 씻어 줍니다 백 개의 꼬리를 자르고
당신은 삽니다 꽃병을 안고 욕실로 갑니다
만져 봅니다 마른 꽃을 묶습니다
마른 꽃송이를 거꾸로 걸어 둡니다
거꾸로 걸려서도 당신은 삽니다

서책의 첫 페이지

어느 날 순례길
당신 생을 읽습니다
문체가 바뀐 길이 읽어지지 않아
당신 마음의 행간을 어루만집니다
그러듯 내가 쓴 일기는 고스란히
보존되지도 전달되지도 못할
번지고 흐린 글씨로 씌어집니다
당신 마지막 일기의 앞에 놓여
한 권의 일기장이 됩니다
비로소 길을 또 만납니다
거꾸로 가는 시계태엽을 풀어
침묵을 안고 걷습니다
길이 끝나는 자리에서
들은 귀와 본 눈으로
당신 생은 씌어집니다
마음들이 끝까지 간 자리
가볍에 펄럭이는 말씀들
누가 보았소 누가 들었소

마음을 찾아
맨발로 딱 일주일
태양의 산을 오릅니다
지도에 없는 영토
잠시 마음을 잃었던 그 초입
길이 끝나는 자리였습니다

햇살이라 불리는 장미를 사다

햇살이라 불리는 장미를 샀어요
햇살이라 부르는 햇살장미

햇살 비치는 거리에서
햇살을 샀어요

햇살이라구요
일요일 아침의 햇살 담은 거리
담장 위 고양이
오후의 졸음, 앉아 쉬는 의자

유리병에 햇살을 꽂았어요
햇살은 이내 꽃봉오리를 터뜨리며 막 터진 말을 쏟아 냅니다

아침의 지저귐,
재촉도 성냄도 없이 풀어내는 말들
이 여리고 따스한 빛은 어떻게 오는지
어디서 머무는지……,

가시가 없는 장미였어요

매일 밑동을 싹둑 잘라 주었어요
장미는 작아져 갔어요
유리병에 서 있지 못할 것 같아요

자가격리

나는 잠을 잡니다
꿈은 한 문장만 보여 줍니다
매일 시끄러운 꿈입니다
모여서 먹고 떠들다 잠을 깹니다

죽은 시어머니는 꿈에 나타나서 무슨 말을 합니다
매일 밤 찾아와서
(내 말 좀 들어 봐)
나는 대답을 하지 않습니다
(그 옷은 어디서 사셨어요)
(자꾸 웃으시다니요)
시어머니는 죽었는데
왜 한번도 본 적 없는 새 옷을 입고 활짝 웃고 있는지
죽어서도 며느리인 내가 반가운 걸까요

개를 데리고 나온 남자가 나무 아래 서서
차려진 음식을 먹으려다 개를 쳐다보다가 나를 쳐다봅니다
잠을 깹니다 꼭 한 장의 문장이 넘어갑니다

이젠 책장을 그만 덮으려고 합니다
시끄러운 꿈을 지우고 싶습니다

흰 우유를 먹으면 이빨이 하얗게 될 겁니다
구청 직원은 현관 밖에
햇반참치캔3분카레라면이 든 상자를 두고
서둘러 떠나며 나다니면 안 된다고 합니다

머리는 풀고 옷은 찢어서 사람들에게
소릴 질렀어요
(다가오지 마시오 다가오지 마시오)

신발을 나는 상자에 넣습니다
폰을 나는 상자에 넣습니다
나는 나를 상자에 넣어 현관 밖에 둡니다

현관 밖에 둔 상자는
구청 직원이 가져갑니다

달팽이

여름에 겨울잠을 잔다

몸을 움츠려 외투 속으로 들어가
그는 잔다
여름에도 외투를 벗지 않는구나
새 옷을 갖다준다
그는 여름인데 겨울 외투를 벗지 않는다

열리지 않는 책이다
그는 잔다

책을 들고 나는 걷는다
긴 복도를 지난다
창을 열어 두고
복도를 걷는다

한 문장이 길어진다
그는 잔다

나는 걷는다

더운데 외투는 벗지 않고 흙을 파고
그는 잔다

나는 복도를 지난다
나는 책을 가슴에 안고
걷는다

이불을 털어 머리 위에 이불을 얹고
이불을 싸안고 걷는다

나는 걷는다
그곳에서
이곳으로

열리지 않는 책을
가슴에 안고 만지작거린다

우리 집 이사 트럭

베란다에 있는 군자란은 내가 심은 화분이 아니다
죽은 아버지가 가꾸다 두고 간 꽃이다
50년도 더 되었을 꽃이다
벽에 걸린 호랑이 그림은
죽은 아버지가 걸어 두고 보던 그림이다
50년 넘게 벽에서 내려오지 않고 있는 그림이다
마치 그림액자 속에 호랑이가 살고 있는 것 같다
거실 나비장은 내가
산 가구가 아니다
죽은 어머니가 옷을 넣어 두던 가구이다
50년 함께한 가구이다
부엌에 가서 찬장 서랍을 열어 보자
저 그릇, 저 유리잔도
죽은 어머니가 남겨 두고 간 살림이다
또 뭐가 있나
근대 유물 같은 이 가위 좀 봐
이 가위도 내가 산 가위가 아니다
죽은 어머니가 두고 간 연장이다

우리 집에 나보다 먼저 와서
이 집에서 이 집인 것들,
이사 트럭은 늘 상상일 뿐,
만일 새 아파트로 간다면
딸아이가 쓰던 침대도
아이가 학교 미술시간에 만든 석고조각도
어디 두고 갈까
늘 생각뿐,

그녀의 날개

골목 나서는 노파가
끌고 나오는 빈 리어카는 그녀의 날개다

겨드랑이에 막 날개가 돋아나
난다

날개에 맺힌 이슬을 털어 내고
팔을 걷어붙인 그녀에게
마침
하늘도 깃털 하나 뽑아 날렸고

챙이 긴 모자
노파의 머리에 날아와 앉는다

우아하기까지 한 깡마른 노파
인기가수의 제스처로 무대에 막 뛰어든다
미끄러지듯 신나는
푸른 드레스 밟힐라

날고 날아 반환점을 돌고
고물수집상에게로 날아간다

그녀가 깃털 하나 뽑아
구민게시판에 붙이고 날아간다

나는 구민게시판 앞에 서서
슬몃 깃털을 뽑아 본다

미지의 땅

저녁은 아침의 리듬
광활한 로키를 달리는 할리데이비슨의 리듬, 마지막까지 심장
이 기억하는 속도 60의 리듬, 울음의 수위, 60을 넘지 않으려는
둔탁한 리듬, 밤은 밤의 리듬, 밤은 밤의 수위로 운다

달이 한쪽 눈을 뜨고 유심히 지상을 내려다보는 밤하늘, 나를
발굴이라도 한 것같이
고고학자처럼 돋보기를 들이댄다 저 눈 속에는 폭설도 폭우
도 없이,
오직 사라진 고대 유물에서 눈을 떼지 않는, 푸르스름한 녹슨
시간 속의 여기, 밤의 눈동자,

고고학자의 모호한 눈은, 나를 붉은 모래사막으로 데려간다
하얀 아마포 긴 치마를 두르고 빵을 굽고 물을 이고 오던, 우물
에서 길어 올리던 물을 모아 두는 붉은 항아리, 내 무덤 안에 부
장품인 붉은 항아리

구부린 몸이 바위 절벽을 빠져나오면 또다시 협곡이 이어지는

협곡, 빠져나와 다다른 곳은 직사각형의 방 거대한 무덤

　저 아래 층계를 내려가 문을 밀면 먼지들, 이어지는 층계, 좁고
긴 층계 아래 무덤 속에 무덤이 있다 모르는 밤의 입구, 60킬로
의 리듬으로
　미지의 나의 무덤으로,

껍질

남자는 눈을 감고 뜨지 않은 채 천천히 고개를 들고
감은 채 머뭇하던 눈을 뜨고서도 마주 바라보지 않았다
시간이 흐르고 붉은 얼굴로 그가 울부짖는다
형이 날 때렸잖아.
식구들과 엄마에게 행패부리고 돈 뜯어 갔잖아. 나는
형 용서 못해.
……그러자 한 남자가 고개를 푹 숙이며 무릎 꿇고 미안하다
미안하다 ……그러다 말이 없다
티브이에서 방영된 슬픈 가족사
칼날이 껍질에 닿자 껍질은 소스라치며 상처를 감싼다
몸부림친 상처들을 보지 않으려고 눈 마주 보기를 거부한다
용서하는 자와 용서 받는 자의 얼굴,
눈을 감고 있는 자와 눈을 뜨고 있는 자의 얼굴,
고개를 들고 있는 자와 고개를 숙이고 있는 자의 얼굴,
의자에 앉아 있는 자와 바닥에 앉아 있는 자의 얼굴,
뒤쪽이 아픈 자와 앞쪽이 아픈 자의 얼굴,
돌멩이를 든 왼손과 돌멩이를 들지 않은 오른손이
나의 껍질이 내 눈을 가리고

내 손이 나의 껍질이라도 되듯이 나를 단단히 감싸고 있던 때,
뒤쪽에 서 있는 누군가의 온기, 어떤 온기에 가만히 돌아보면
누구도 없었다
눈 감고 주먹 쥐고 고개 숙이고 있던 꽃들이
일 년에 딱 한번 자비를 터뜨렸다

쪽파

할머니는 좌판 위 푸른 쪽파를 가리키며
A급이라서 삼천 원이야 한다

A급이라는 말은 슬픈 말이라서
공중에서 내리지도 사라지지도 않고 머물고 있는
눈송이
A급,

손가락같이
가늘고
푸른, 흰 저 쪽파

소읍은 계획이 없어서 조용했다

새벽 다리를 건너며
나에게 들려주던
나의 말

이곳을 벗어나 보렴
잊히지 않는 나의 말

할머니는 오른팔을 들어 왼쪽으로 비행기를
날리며 힘을 주는 A급

클래스가 달라서, 라는 말처럼 슬픈 말이 되어
폭설 속에 서서
가지도 오지도 못하고

쪽파 한 줌 안고 돌아와
라면을 끓이며
손가락같이
가늘고 흰
쪽파의 살을 만져 본다

슬픔의 목록을 만져 본다

초콜릿

모자를 찾는다
다음 날도 그다음 날도
공원을 산책한다 초콜릿이 있다
공원은 초콜릿이 풍성하도록
음악이 흐른다

나는 모자를 잊고
머리를 묶는다
반복되는 나무 아래를 걷는다
커다란 모자가 나뭇가지에 걸려 있다 나는 걷는다
아장아장

나무와 나무 사이
공원은 무릎을 꿇고
반복되는 발들을 씻는다
산책하는 사람이
들어가서 웃는다
초콜릿이 자란다

초콜릿은 텅 빈 집이다
내부는 가구 하나 없다 생각하는 집이다
껍질은 말랑말랑하고 견고하다
어제가 되고 싶은 행인이 내부가 되었다가
어제가 되어 나온다

털이 휘날리는 큰 개, 소년이 개줄을 쥐고 있다
소년과 검은 개가 달린다 힘을 다하여 함께
뛴다

초콜릿 속으로
폭설 속에 눈사람, 눈사람, 초콜릿
모자가 공원에 있다

실론

나는 기차의 꿈을 꾼다
언젠가 스리랑카에 가게 되면 스리랑카 기차를 탈 것이다
스리랑카 기차는 흑발 여인의 긴 머리카락
초록 사이로 달릴 것이다

꿈은 미지에서 또 완성된다
흙벽에 구멍을 뚫고 들락날락 사는 새의 이야기, 깃털이 노랗
고 부리가 빨간 이국의 새는 파랑 부리를 가지고 꽁지가 검고 긴
이국의 새를 모르는
미지의 나라,

검은 차에 검은 머리를 감는 밤
스리랑카의 사리를 입고 대나무 광주리를 목에 걸어 등 뒤로
돌려 메고는 찻잎을 따는 구불구불한 들판

나는 꿈이 없는 밤이 없다

밤의 기차가 달린다

많아지는 나는 스리랑카 기차를 탄다
가파른 차밭 사이로 느리게 오르는 밤의 기차가 달린다 나는
많아진다

스리랑카 기차를 탄다 자꾸 많아진 나를 부탁한다
스리랑카 기차를 탄다 4시간을 기다리다 느리게 오는 기차를
탄다 나를 부탁한다

차밭 가운데를 달린다
오후의 홍차를 우려낸다 흙이 붉어져서 붉은 흙이 걸을 때마
다 신발에 묻어난다 나를 떼어 낸다

스리랑카 기차를 타는 꿈을 꾼다 나를 본다 초록을 본다 자꾸
많아진 나를 태우고 기차가 달린다
떠난 사람이 꿈에 나타난다 커다란 꽃을 안고 서 있다 모르는
척 사랑인 척
나는 기차의 꿈을 꾼다 얇고 긴 천으로 내 몸을 감고 미라가
된 듯이

선잠

다시 태어날 계절은 이미 몇 번이나 깨고
잠들었던 것 같다 아무래도 이곳이 아닌 것 같다
국경을 넘을 만큼 꿈은 자라지 않는다 자면서도
각오를 한다 각오가 있었다 아픈 각오를 했다
어깨가 기울어지기 전에도 기울어진 뒤에도
나무들이 구멍 난 잎으로 애벌레를 내려보낸다
징그럽고 징그러운, 귀엽고 귀여운 꿈을 꾸면서
깨고 깨면서 꿈을 꾼다
초록 애벌레는 어디로 가고 있는가
기울어진 어깨는 이미 날개였던가
아직 태어나지 않은 나비는 손끝 사이에서 날아다닌다
책은 머리도 어깨도 없는 누군가의 날개 한쪽, 책이 책을 쓴다
책은 갈 때까지 갔다 비대칭인 종이와 나 사이에도 국경 없이
흘러 다녔고
책과 나를 겹쳐 놓은 서점 유리창 바깥에서도 서 있었다
두꺼운 구름을 덮어쓰고 뛰었다
빗속에서 계절은 한 가지 이름으로 불리는 책이 되었다
이미 이곳은 없어진 곳에서

깨어나기 시작한다 어깨 한쪽이 기울어지고 있었다
헐렁한 바지를 입고 이쪽이 기울고 저쪽이 닳은
여기가 홀쭉하고 저기가 불룩한
진흙이 되고 있었다

손

서퍼는 손을 놓쳤고 파도는 서퍼의 몸을 삼켰다
서퍼는 구겨져서 물에 팽개쳐졌다 파도와 맞섰고 파도를 기
다렸다
검은 새들이 앉았다 자꾸 물속으로 빠졌다 모자를 줘!
누구인가 물속에서 팔을 흔드는 이는
이 마술은 끝이고 시작이다
상자를 푼다 하얀 보자기를 흔들던 손이
상자 속에서 장미 한 송이를 뽑아 올린다 최대한 가늘고
길게 숨을 참으면 몸은 물의 손이 된다

춤추는 나선형으로 손이 차가운 심장을 두드린다
미역줄기가 목선의 팔이
맹수의 눈을 가진 해변이 불을 켜 든 이마가
동굴 속 바람이 울부짖던 박쥐들이 해변에서 낙타의 눈꺼풀을
쓸고 간다

길고 동그란 마술사의 검은 모자를 줘!
나부끼는 손이 가리키는

기록되고 부서져 없어지는
가장 강한 눈

손이
푸른 상자 안에서 검은 새 한 마리를 잡아 올렸다

4부

셀프 주유
― 감정들

쉽지 않은 일이네요 셀프 주유하는 일,

주유건을 총처럼 폼나게 잡고
주유구 밸브를 돌리고
주유하는 일, 벌컥벌컥 차의 목을 축이고
통통 차의 배 두드리고 달리는 일 뿌우웅,

버벅거리네요
밸브를 오른쪽으로 돌려야 할지 왼쪽으로 돌려야 할지
주유건이 주유통에 딱 맞게 들어갔는지
겁나는 일이네요

난 두려워

자꾸 해 보는 수밖에요

두려운데,

내 머리가 둥근 빵처럼 부풀어 올라서
둥근 모자를 쓴 것 같아요
좀 커진 동그란 눈,
회색 음영이 가해진 얼굴에 땀방울이 두 방울 흘러내리다가
맺힌,
두 발은 불안정하게 서 있고 두 팔은 아래와 양옆으로 흔들
거려요
입이 지워지고 없어요 입이 없는 얼굴,

셀프 주유소 셀프 셀프, 셀프 주유소
사실 오늘도 셀프 주유소를 지나
달렸어요

100층 옥탑방

1분 만에 이곳은
우리의 지상을 바꿔 놓겠지
공중을 날아가는 새
날갯짓하는 이곳에서
새의 자세로 앉아
새의 심장으로, 새의 눈으로만 지상을
내려다봐야겠지

얼굴 표정보다 지붕 위로 지붕 위로,
피어나는 빌딩이
새순 같은 빌딩이, 돋아나고 지는
느리거나 멈춰 있는
파도, 파도, 물결, 물결, 어여쁜,
그리고 바다, 세상의 가장 긴 의자 해변에서,
고요한 지붕이 언덕에는 빌라에는,
아득해서 아름다운 이곳에서,

신은 더 높은 곳에 살아서

우리를 내려다보는 거라면 단지,
사랑한 적 없던 집이 사랑이 넘치는 집이 되어
1분 만에 우리의 일기장이 바뀌는
지상의 이야기를 들려주겠지

아름다움에 대하여 이야기하겠지 이곳에서
눈 코 입이 안 보여도 웃고 있는 입, 응시하는 눈,
긴장하고 있는 손을 만지는, 반복하는
뛰어다니며 치는 공, 아름다운 나의 테니스장이
되겠지 투명한 손이 해변에서,

해변은 만년설처럼 견고하고 부드러워
쓰러지고 쓰러지고, 간곡한
물의 새순, 물결, 파도는 돋아나기만 하겠지만

지상의 유리다리를 건너가듯 가끔
신의 손을 놓치는 이곳에서
새의 자세로 앉아

새의 심장으로, 새의 길에서,
이야기는 아름다운 결말을 가지겠지

12살 마태오의 해변
— 감정들

새는 날아오르지 않고 정원의 나무에서
해변으로 창이 열린 길을 걸어
모자를 날려 보내는 바람의 손을 잡고
새소리를 올려 보내는 길을 걸어
수천 개 문이 열리고 닫히는
나선형의 난간 파도와
이마를 맞대고 바다의 눈꺼풀을
깨울 수 있는 곳으로
우리가 어떤 사람이 되지 않는 곳으로
커진 입은 구름 모양이 되고
두 팔은 작아져서 두 팔은 점점 작아져서
머리띠를 두르고 난간에 앉아 있는
어떤 사람이 되는 곳으로
두 팔은 내리지 않고
얼굴 아래로 머리카락이 길게 내려오고
모자를 옆으로 돌려 쓴
어떤 사람이 되려는 곳으로
입을 크게 벌리고

두 눈이 머리 위까지 올라가서
두 팔도 머리 위로
올리고 당당하게 서서
둥근 모자를 쓴
어떤 사람이 되는 곳으로
고깔을 쓰고, 머리카락이 앞이마를 덮고
입은 벌어지고 오른손에는
깃발을 쥐고 작은 고깔을 거꾸로 쥔 채
두 눈이 다이아몬드처럼
반짝이는 어떤 사람이 되어 있는 곳으로
모자도 구름도 우산도 머리띠도 깊은 바다 속으로
날려 버리는 해변으로
새 소리를 올려 보내는 정원에서
나선형의 난간으로
우리가 어떤 사람이 되지 않는 곳으로

라임나무를 심다
— 꿈

신의 편지라는 꿈을 읽는다
한 그루의 라임나무는 잎사귀부터 신을 보여 준다
구름 속에서 거꾸로 태어나는 벼락처럼
같은 꿈이 겹쳐서 서 있는 한 그루 라임나무
닮은 잎사귀가 수천 개 달릴 때까지
라임이라는 말은 꽃이라고 읽는다 내게는
꽃은 꼭 거짓말 같다 내게는
없었던 자리가 환한 것도
있었던 자리가 감쪽같은 것도
라임이라는 말은 연극이라고 읽는다 내게는
연극은 꼭 현실 같다 내게는
잎사귀들이 같은 모양으로 같은 색깔로
나부끼는 것도 무슨 행렬을 보는 것 같다
행렬에 끼어 걸어가는 나를 보는 나
손짓하는 안내원을 따라 들어가서
번호표 세 개를 뽑고 자리를 잡는 나
신은 오늘 세 개의 자리를 허락하지 않은 채
라임나무는 지금도 자라고 있어서

대기 줄이 길어지고 기다리는 나
내가 주인공인 연극에
나의 의자를 찾아 두리번거리는 나
가방을 두고 간 새들이 돌아오지 않는
의자에 나의 가방을 얹어 두는 나
연극은 곧 시작될 텐데
입구에는 많은 사람들이 줄을 서서
나무 아래에서 서 있을 텐데
꿈을 깨서 사전을 찾아본다
라임은 시의 율 혹은
식물의 열매 종류라고 적혀 있다
꿈은 계속 꾸고 있어서
나는 아침밥을 먹을 수가 없다

단 한 가지 망고

금요일에 그녀가 망고를 안고
망고 세 개를 안고
서쪽을 가져왔다

서쪽으로 서 있었다 서쪽이 어딘 줄 모르므로
나는 외눈박이 눈을 바라보기로 했다
동그란 외눈박이 눈은 선자의 눈이다가 선명한
눈물자국이 지워지지 않은 채 나와 눈이 마주쳤다

눈 속에는 시속 140에
빵빵한 바운스에
심장을 밀착시키고 전력질주하던 꿈이
우스꽝스러운 표정 몸짓이
구부리고 기울어진 채 응시하던 격렬한 눈빛이
산다

얼떨결에 망고를 움켜쥐고 몸이 기울어진다
구부린 몸이 격렬하게 돌진하고 있다 망고 망고

외치기도 한다
노란 한 덩이 망고는 멈추지 않고 공전하는
망고
월요일은 서쪽으로 튀고

나는 망고를 몸에 달고
푸들을 안고 뛴다

월요일이 기울어진 채 진다

외눈박이 눈은 아침에 찬란해
내가 외눈박이가 되는 이유는 눈부신 빛이 내 눈을
찌르는 것이 겁나기 때문이야
서쪽이 어디인지도 모르는 월요일이 진다

나도 모르게 망고를 안고
내가 모를 일인 천 개의 서쪽을 바라보았다
발라 먹은 망고에서도 태어나는 망고
나는 울고 싶었다

잠 속의 비

침대는 빗속에 있다
바닥에서 부러지는 비
구부러지지 않은 비
길고 긴 비

잠 속에서
여행자는
도시의 냄새를 수목원에 심는다

화초는 목이 잠긴다
이젠 그만이라는
목소리가 잠기고
어떤 집은 흘러내린 물이
어제도 그저께도 흐른다

우비를 입고 우산을 쓰고
젖은 채
잠을 잔다

귓속에 비가 들어와 산다
구부러지지 않은 비가 귓속까지
들어와 산다

만져지지도
보이지도 않는 빗소리
기나긴 잠은 어디서 시작되었지

한철 비에 젖은 사람은
늙은 사람이
다 되어 가도록 젖어 있다

모르는 곳에서 이곳으로
비는 떨어진다
머리를 반대쪽으로 두고
이불을 끌어 덮는다

손에 긴 막대기가 들려 있다

7시 25분 시티 지나기

늦어도 7시 25분,
시티를 통과해야 한다
시티는 튼튼한 치아를 드러내며 웃는다
건물이 빠지고 새 건물이 금방 심어진다
가령 시티의 튼튼한 이빨이 순간에
낚아채 물고 사라졌으나 4차로 도로, 수평선, 노란 스쿨버스,
200번 버스, 먼지들, 음악이 흘러나오는 흔들리는
스피커, 거대한 백지, 놀란 토끼 눈, 눈 속에
눈사람, 초콜릿, 채소 트럭, 구청 청소차는 매일 새로이
돋아나 달리고 있지 않는가
늦어도 7시 25분,
나는 시티를 통과하고 해변대로를 달려야 한다
만일 검은 비닐봉지가 맹견처럼 달려들어
발목을 문다면 어느 지점에서 차로를 변경하고 달아나야 하
는가
나의 레이스를 위해 백미러와 사이드미러를 교차한다
그러고는 반복한다는 것이다
늦어도 7시 25분, 시티를 통과해야 한다

이따금 바닥은 이빨을 숨기곤 한다
바닥에서 살아남은 가장 센 놈의 이빨이 물고 뜯은
검은 타이어를 상상해 보라
그날 이후 나는 바닥을 믿지 않기로 했다
채소 차가 사과를 버린 날 바닥은 사과를 피하려다
달리던 차를 전복시키지 않았는가
늦어도 7시 25분, 시티를 통과해야 한다
계약금 5% 선착순 분양 견본주택 벽보에 걸려
나는 아직 2차로에서 신호를 기다린다
상상해 보라
만일 바닥에 상자가 기다리고 있다면
당신은 무엇을 할 수 있는지를
늦어도 7시 25분,
시티은행 시티지점에 도착해야 한다

자정

노파는 이 시각이 아침이다 전봇대 불빛 아래
쏟아 놓은 폐지를 세고 있는 자정,

j는 줄곧 심해어 이야기를 한다 1밀리미터만큼
먼지만큼
바다 아래로 내려간다

달빛이 잠들 때까지 기다리다
망명자는 국경을 넘는다
잠이 든 채
자동차 속에서 깊고 푸른 밤을 날아서
눈은 툭 튀어나오고
입이 커다란 괴물이
조개껍데기도 씹어 삼키는 강철 이빨을 달고
몸은 잠수함도 침몰시키는 권투 글러브로
잽을 날린다 눈은 없어져도
눈이 네 개가 붙어 있는 심해어가 되려고
향유고래가 되려고

자정에 딱 붙어
죽음을 덥석 입에 물고는 놓아 주지 않는다

캄캄한 바닥을 향해 돌진한 그 자동차 위로
바다 눈이 부유하고
코끼리가 코끼리를 업고 바다 아래로 부유한다
자정에 떠오르는 태양 속으로 빠져든다
옷은 점차 무거워져서 입고 벗는데 하루가 다 간다
벗지 않아도 될 자동차를 입고
바다 속으로 뛰어든
빛은 부유한다
아직 그는 옷을 입고 있는 중이므로
켜켜이 쌓인 정적 속으로 심어지고 있다

나는 잠 속에서
코끼리를 끌어올렸다 한 마리 한 마리
또 한 마리

스윙 인 흰여울
― 이전 개업

흰여울마을에 와서야
방을 얻고 또 방을 냈네
커튼을 달았지
환한 바깥 풍경이 지금은 나의 것도 아님을
벽에 빨강 칠을 했지 빨강 신호등 같다는 생각이 들어
가끔 깜박거리기도 하지
벽을 칠하고 커다란 거울을 달았지
방 안에서 더 안으로 들어가 우리는 두 손을 마주 잡았어
이제 마주 봐 괜찮을 거야
서로의 창이 되어 세상을 볼 수 있을 거야
닫힌 문으로 열리는 바깥을 꿈꾸며
코로나와 함께 여기 흰여울마을에 와서
방을 얻고 또 방을 냈네
당신을 만날 수 있는 방을 나는 만들어야 했네
느리게 흐르는 시간이 가끔은 괜찮아 느리게 뛰는 방
재즈 한 곡이 흐르는 사이 다가오는 물결 사라지는 물결 사이
마술사처럼 펼쳐 들고 춤추는 방 춤추어야 하는 방
당신을 만나려고 가네
익명의 당신 앞에서

카메라 앞에서
벗겨지지 않는 구두를 신고
춤춘다네 해가 저무네
나는 빈티지 옷가게 사장이지요 나는 댄서 나는 스윙 댄서예요
내가 스윙을 할 때 가끔 3평 이 방은 나를 태운 채 이륙하기도
하지 스텝스-텝
돌고 돌아
당신 앞에 서 있지 커튼 사이로 햇살 나는 춤추고 당신을 찾아
가네 매일매일 춤을 추지
길은 사라지고 찾아가는 이 길
주문을 기다리며 폰 보면서 밥을 먹네
가장 아름다운 선물처럼 손질하고 포장한 옷
나는 옷을 팔지 나는 댄서 나는 흰여울 스윙 댄서
먼 나라 배는 바다가 등을 펴 주는 여기 묘박지에 와 졸고
붉은 노을 속으로 몇 번이나 들고 났는지 모를 저 배들의 기척
내가 입고 춤춘 옷을 인터넷에 올리는 중이야
그만 멈출 수 없는
나는 빈티지 옷가게 사장이지요 나는 댄서 나는 스윙 댄서예요

스윙 인 흰여울
— 나는 당신이 됩니다

나는 당신이 됩니다
당신이 되려고 해요
상점들이 사라지고 나도 상점을 떠나와 새 상점을 열었답니다
이 골목으로 찾아오는 당신은 없어 이제 나는 찾아가요
춤추세요
마스크 낀 당신
당신은 자가격리 중이고

나는 춤을 춥니다
나의 숍에서
나의 빈티지 옷을 입고서
내가 찍은 동영상을 올릴게요

마치 우리가 함께 춤을 추고 있다는 듯이
당신이 이 옷을 입고 있다는 듯이
그러고는 당신은 주문 문자를 나에게 날릴 거예요
구입해 주세요
주문이라도 한 듯

이렇게

아이들을 재워 놓고 동영상은 올릴게요
자정 지나서 만날 수 있을 거예요
나는 작은 옷가게 사장 판매할 옷을 직접 입고 춤추지요
주문 남겨 주세요

스윙 인 흰여울
— 창을 열다

기다리지 않겠어 기다릴 수가 없어 골목에서 사라지고 있는
행인들
　　종일 고요한 골목에서
　　누구라도 노크해 주기를
　　누구라도 창으로 얼굴을 내밀어 주기를
　　닫힌 문을 밀고 들어서는 손님을 기다리다 깜박 잠이 드네
　　마스크 낀 행인들 유리창 안을 봐 주었으면

　　뛰기로 했어 비대면의 시간 속에서
　　여기 영도로 이사했어 여기 와서

　　매일매일[1]
　　좁은 나의 일터, 춤추는 방을 만들었지
　　홀로 목청껏 부르는 나에게 들려주는 응원가
　　재즈 음악을 틀고 스윙 댄스 스윙 댄스
　　우리는 서로에게 창이 되리

---

[1] 누구와도 마주치지 않았다

혼자 출 수 없는 스윙 스윙

머리를 묶고 화장을 하지 오늘은 당신이 되고
나의 옷을 봐 줘 나의 음악을 들어 줘 나의 춤을 봐 줘

이 영상을 보고 마음에 들면 주문은
문자로 남겨 줘요

가린 입 가린 코 눌러쓴 모자 나는 가려지기 시작한 지 몇 년이나 된 것일까
우리는 투명인간인지도 모른다 가린 나는 익숙하다 우리끼리도 닿지 않으려
신분증을 지니듯 마스크를 챙기고서야 외출을 한다 어둠 속 달리는 자전거는
불을 밝히고 달려야 마주 오는 차와 부딪히지 않는다 물론 자전거도 어둠 속
을 밝게 헤쳐 나갈 수 있다 제 자신이 불이 되어야 한다 해변에서의 기도 풀씨
같은 희망을 안고 걷는 해변 철길 끝자락에 무릎 꿇은 해변에서의 기도 걸으
면서 기도하고 모래사장에 앉아 기도하고 밤의 창문 야경 나비 날개가 파닥였
다 푸른 날개였다 펼친 날개는 그대로 빛났다 또 한 마리 한 마리 날개를 펼치
는 집들 유리창들 아랫동네 집들이 날개를 펼치고 그들만의 불빛의 따뜻함이
거나 차가움 속에 저녁을 맞이한다 반짝거리는 것이 힘이 되는 시절이 있다 휴

가지는 몰려서 건너고 몰려서 건너간다 창밖의 사람들이 횡단보도에서 신호를 기다리고 있다 나는 자동차 속에 있다 표지는 산책자의 발바닥이 찍혀 있다 흔적인 CCTV 카메라 눈이 골목을 비추고 있는 자막만이 가족들이 공허와 심연이 만나는 자리로 가서 이 책의 책장을 펼친다 이 책은 완성되지 않은 채로 발간된다 완성은 언제 된다는 말인가 스스로 완성되어 가는 책이라고 한다 나는 오늘 바닷가에 서 있다 한 줄 짙은 문장이 되지 않은 채 불빛을 따라 집으로 돌아온다 누구나가 슬픔의 책을 사 들고 집으로 간 사람들은 "각자의 슬픔을 이 책 말미에 적어 넣으세요"라는 저자의 서문을 읽고 무거운 돌을 가슴에서 밀어내고 슬픔의 방문을 열어 자신의 슬픔을 꺼내어 적는다 그러고 난 뒤 드디어 이 책은 완성되는 책이다 한 권의 책으로 만들어지지 않은 채 소멸되는 슬픔도 있다 주인공들은 이미 슬픔을 남겨 둔 채 이 세상 사람이 아니든지 슬픔을 벌써 내던지고 달아나 버리든지 바닥에 누워 그대로 책이 된 채 30년을 살고 있는 사람도 있다 슬픈 사람은 돌아누워 운다 등을 보이고 얼굴을 숨긴다 한 페이지씩 읽고 남겨 둔 이 책은 슬픔의 공동체가 된다 회복되기까지 걸리는 최대의 시간을 접고 접어 마술사는 보자기를 상자 속에 넣는다 회복을 보여 주려고 회복을 꺼내려고 손을 쑥 집어넣는다 하얀 새가 나온다 하얀 새가 나오지 않는다 하얀 새를 꺼내 보여 주기까지 하얀 새는 보자기가 된다 그의 목소리는 펄럭였고 나부꼈고 매달리다 손짓하고 죽지 않고 영원히 외치고 한 사람이 된다

트렁크를 끌고 가는 시네마 거리에서 사흘 낮과 밤을 그 큰 물고기 뱃속에 있었다고? 고래 뱃속을 지나가고 있는지도 모른다 뼈와 뼈 사이 복도를 지나서 뼈와 뼈 사이 방을 지나서 복도 끝에 처음 보는 얼굴들이 같은 방향으로 걸어가고 있다 열 명이 출발한 것 같은데 아홉 명이더니 여덟, 일곱이 된다 첫 통로를 지나자 첫 번째 남자는 귀엣말로 그랬다 집에 가 봐야 해요 나는 고개를 끄덕였다 지하의 길은 마치 나무의 뿌리처럼 도시의 냄새를 맡고 있다 수맥을 찾아 뻗어 나가듯 건물 지하는 통로와 통로가 엉켜 있었다 우리는 잠시 머뭇거렸다 처음 맞닥뜨린 길은 누구도 길을 제대로 알고 있는 이는 없는 것 같았지만 무조건 뒤따라가기로 한다 조금 전 보고 나온 영화는 우리를 뱃속에 다시 넣었다 커다란 고래 바람이 불지 않았지만 바람이 불어온다는 듯 우리는 우리의 머리카락을 쓰다듬었고 지상에 걸어 나온 지 한 십 년이나 된 듯 서로의 얼굴을 바라보며 횡단보도 앞에 섰다 길을 처음 건너는 사람들처럼 백화점 지하상가를 걸어 나가다 문득 돌아본 벽은 중세 로마의 동상과 분수였던가 길은 이어졌다가 닫혔다 우리는 뭐든 뚫고 나가는 비밀 특수요원처럼 낯선 복도를 조용히 걸어 나갔다 건물과 건물은 어깨를 붙이고 입구를 연결하지만 닫힐 때는 분명하게 문이 차단되어 길이 아닌 벽이 나온다 구불거리는 길을 곧장 오르고 나아가서 바깥공기를 마신다 횡단보도에서 우리는 공동체가 된다 서쪽이 이동하는 줄 쉽게 믿기지 않았다 이봐 햇볕이 내리꽂히는 시각이 여기까지잖아 환한 옷

음이 거두어지는 일몰시간은 생활이 잠시 멈추는 곳 저쪽 붉게 물든 서쪽이 있
다 코로나19 이후에 나는 춤추는 방을 만들어야 했다 판매하는 옷을 직접 입고
카메라를 세워 두고 춤추는 나를 찍는다 온라인으로 소통하고 판매하는 방, 당
신을 찾아가는 방을 만들어야 했다

가설정원

도시는 딱딱하고
싱싱한 꽃이 피었다
망망 초원이고
게르이고
검고 작은 씨앗이고
누구의 배꼽

도시는 싱싱한 꽃을 팔았다
가설했다 도시는 향기를 가설하고
가을을 가설하고
가설한 행복을 심었다

도시에 사이렌이 울고
가설정원은 개장했다
정원 관람객은
시들지 않는 꽃들을
관람했다

유랑극단 서커스를
상상하고 나는
수직정원 꽃들을 소비했다
꽃을 사러 왔나요 핸드메이드
꽃들은 신발을 벗지 않았다
벽에 붙은 꽃은 뛰어내리지는 않았다

도시는 밤에 꽃들을 방목했다
혹자가 유목정원이라고 했다
도시는 트럭에 가을정원이라는 간판을 떼어 넣고
가축을 몰고 초원을 찾아 떠났다

가설정원에서의 삶, 그 너머

이병국(시인·문학평론가)

가설정원에서의 삶, 그 너머

텅 빈 집의 바닥

한 권의 시집이 시인의 사유에 기반한 세계 인식의 표상이라고 할 때, 그것은 세계를 바탕으로 자신을 갱신하는 일과 무관하지 않다. 이는 고착화된 세계를 새로운 가능성의 층위로 전환하려는 열망의 발현이자 그로부터 파생되는 낯섦의 매혹을 내면화하는 과정이기도 하다. 이 과정에서 시인은 자신만의 세계를 창출해 내는 한편에서 자신도 알지 못했던 시원(始原)과 마주하며 불안에 휩싸일 때도 있다. 단단한 지반 위에 주체가 놓여 있는 것이라면 이런 불안의 심층을 마주할 일이 없겠지만, 하이데거가 이야기한 바처럼 우리는 피투(被投)된 존재여서 기투(企投)의 실존을 감내해야 하므로 늘 위태로운 삶 속에서 난해와 난감의 일상을 살아가야 하는 것인지도 모른다. 그런 점에서 피투된 존재는 언제나 타자의 자리에서 기투라는 수행을 삶의 과정으로 수용해야 한다. 이는 존재로 하여금 매번 충족될 수 없는 가설(假設)의 임시성에 놓인 채 떠돌게 만든다. 존재가 머물 구체적인 장소의 부재는 '가설정원'에서 헤매는 '수습사원'의 환상성으로 전유되어 우리에게 원초적인 상실을 실감케 한다.

　김예강 시인의 『가설정원』은 장소의 충만을 경험해 본 적 없는 존재의 상실과 그로부터 야기된 불안을 충돌하는 언어 감각으로 돋을새김하는 시편으로 채워졌다. 시인은 불투명한 정황으로 말미암아 상실의 정서를 내면화한 위태로운 존재의 자기 갱신을 도모하는 한편에서 그로부터 미끄러지는 주체의 타자성과 조우하게 하여 우리가 공유하고 있는 공간과 장소의 이면을 포개어 놓는다. 그런 이유로 시적 화자가 반복해서 언급하는 '집'은 "미완인 채"(「채광창」)로 "벼랑이고/ 국경"(「새들이 짓는 집」)이 되어 존재의 결여를 은유하며 시집 전체의 의미망을 구성한다. 이는 어떤 면에서 시인의 심연을 횡단하며 불안정한 주체의 타자성을 위무하는 기능을 수행하는 것인지도 모른다. '미완'은 벼랑과 국경의 경계 너머를 사유함으로써 한계를 극복할 수 있는 완성에의 가능성이자 현실에 안주하지 않고 돌파해 나갈 활기의 계기를 마련하는 것이 될 수 있기 때문이다. 김예강 시인의 시가 형상화한 장소에 대한 '가설'은 그 임시적 속성을 바탕으로 어떤 문제를 예측하는 진술이자 제안된 설명이면서 변수가 지닌 관계를 파악하여 우리 삶의 진실을 추정하도록 돕는다.

시인이 포착하고 있는 삶의 진실에 닿기 위해서는 시로 표상된 삶을 경유해야만 한다. 그러나 기투하는 존재의 다양성만큼이나 삶의 진실을 총체적으로 파악하기는 어렵다. 다만 시가 구현하고 있는 사건들의 일원성을 읽으면서 존재와 어우러지는 사건의 방식을 밝힘으로써 김예강 시인이 감각하고 있는 바를 슬쩍이나마 엿볼 수 있을 것이다.

이 집에서 이 집인 것들

알다시피 구체적인 사유나 경험을 파악하는 것은 사유나 경험 안에 놓인 서로 다른 요소들이 연결되는 방식에 의존한다. 이는 지극히 주관적인 관점에 기반을 두고 있기 때문에 객관적인 논리의 지반 위에서 해석되기 어렵다. 시를 읽으며 난해하다고 느끼는 이유도 여기에 있다. 공통의 인식 위에 놓일 수 없기에 시적 사유의 충위는 그것을 경험하는 이의 감각의 수만큼 폭넓게 확장되며 언제나 낯설게 다가오기만 한다. 그런 점에서 우리는 언제나 수습사원의 범주를 벗어나지 못한다.

잘린 천 조각들이 수생식물의 잎 같다

바닥에 떠다닌다

그는 자르면서

잘라 내면서 소매를 단다

가윗날이 스치자

도마뱀이 꼬리를 자르고 달아난다

잘려 나간 천 조각들이

재생된 꼬리를 흔들며 풀밭으로 숨어든다

날개가 될지도 모르는

추락이 시작할지도 모르는 커버

여기 한 점에서 길들은 끝나고 시작한다

(······)

그는 검은 옷을 입고 출근한다
빨주노초파남보 색들이 잠자고 있는 검은색
다른 사람이 되는 것을 지켜 주는 검은 옷은
평안하다 빛들이 쉬고 있는 검은 옷
3개월 수습사원인 K
파산했고 혼밥하는 원룸 창가에 초록 화분이 자란다
수생식물을 배 위에 올려놓고 연못이 키우고 있다
바깥은 춥고 안보다 따스하다

(······)

무엇에 경이를 드리는 듯
무릎을 구부리고 식물 앞에 쪼그리고 앉는다
다른 무엇이 되려고 한다

—「수습사원 재단사 K」 부분

　3개월 수습사원인 K의 상황은 녹록치 않다. 원룸에서 수생
식물을 키우며 살아가는 그의 삶은 마치 "잘린 천 조각"과 같

다. 온전한 삶을 영위하지 못하는 이유는 "파산"이라는 단어로 설명할 수 있지만, 그것이 전부는 아닐 것이다. K가 은유하는 것은 불안정한 상황을 타개하기 위해 "다른 무엇이 되려고" 하는 존재이다. 그러나 이는 시적 정황에 의해 불가능함을 알 수 있다. "다른 사람이 되는 것을 지켜 주는 검은 옷"이 지시하는 것처럼 그는 배제된 존재, "잘려 나간 천 조각"일 따름이다. 물론 천 조각은 "재생된 꼬리"처럼 그에게 "날개가 될지도 모르"지만, 이카로스의 역설처럼 "추락이 시작할지도 모르는" 위험을 배태하고 있다. "지켜 주는"은 "빛들이 쉬고 있는 검은 옷"의 "평안"과는 달리 "다른 무엇이 되려"는 K의 바람을 거부하는 아이러니를 불러온다. 때문에, 고립된 존재의 추락을 예기하는 것처럼 보인다. 마찬가지로 "바깥은 춥고 안보다 따스하다"에서 엿보이듯 역접의 접속사가 사용될 자리에 대등한 연결어미를 활용함으로써 시인은 비상과 추락이 동시에 가능한, 기대와 배반이라는 상호 모순의 정동을 절묘하게 묘파한다.

이처럼 충돌하는 언어 감각은 "흔들리는 집을 흔들리지 않을 집을 지을 것이다"(「언니」)의 모순된 정동과 결합하여 불안정한 존재의 혼란을 표상함으로써 "늙지도 않지만 모두가 너무 늙어 버린 시간 너머"(「우리가 고르는 정장 슈트」)를 배

회하는, 타자화된 주체의 비실체성을 증거한다. "폐허에서 또 폐허가 되어"(「채광창」) 실체를 상실한 주체에게는 '미완'의 장소만 주어진다. 앞에서 이야기한 것처럼 '미완의 장소'는 '집'의 형상으로 반복 호출된다. '집'은 위안의 공간이며 존재의 자기 증명을 가능케 하는 장소이지만, 김예강 시인에게 '집'은 "기둥 없이 떠 있는 방"(「채광창」)의 위태로움을 내면화한 채 "가파른 계단을 올라"(「흰죽」)야만 닿을 수 있는 공간이자 힘겹게 살림을 이어 가야 하는 장소(「도마」)라서 벗어나고 싶어도 "이사 트럭은 늘 상상일 뿐"(「우리 집 이사 트럭」)인 "거대한 무덤"(「미지의 땅」)에 가깝다. 이는 존재의 결여를 은유하는 기능을 수행한다. 그런 이유로 시인은 "사랑한 적 없던 집이 사랑이 넘치는 집"(「100층 옥탑방」)을 짓고자 반복해서 "집을 지을 겁니다"(「발가락 깁스에 목발로 바다로 갔어요」)라고 다짐하게 된다. 그러나 이는 "절벽에서 부르는 노래의 끝"(「지저귀는 새」)에서 "집은 없고/ 집에 돌아오지 않는다"(「새들이 짓는 집」)는 사실을 상기시키며 좌절될 기대로 고통만을 가중할 뿐인지도 모른다.

한편, '집'은 일종의 메타적 공간으로 시인이 쓰는 시의 장소로 읽을 수 있다. 시인에게 '집'은 불완전한 주체의 타자성을 감각하는 곳이면서 이를 돌파할 방안으로 구축될 새로운 세계의 가능성을 상상케 하기 때문이다. 현실적 고통으로부터 벗어나 다른 무엇이 될 가능성을 지닌 '집'을 상상하며 주체로서의 자신을 찾으려는 반복적 수행이야말로 일종의 제의적 자학과 견딤의 언어적 실천이자 시인의 원체험을 가능케 하는 시적인 삶의 승화라고도 할 수 있다.

눈앞에서 고양이가 까치 한 마리를 낚아채고 날았다 계단에서 까치를 물고 고양이가 날자 계단이 허물어진다 눈앞에서 계단이 비명을 지른다 종이처럼 찢어지기라도 한 듯, 종이라서 지워지기라도 한 듯 비명을 지른다 계단 위를 날며 살아남은 까치들이 운다 슬픔이 시작한다 눈앞에서 슬픔이 천막을 친다 늙은 벚나무가 버찌를 후두두둑 떨구고 운다 바닥은 슬픔이 흥건하다 슬픔은 검고 슬픔은 번진다 구름 속에 태양이 검은 옷을 입고 운다 까치들은 눈알을 빼고 운다 눈앞에서 허물어진 계단이 슬픔으로 태어난다 행인들이 서서히 구겨졌던 몸을 펴서 느리게 걸어간다

— 「종이처럼」 전문

한 편의 시가 환기하는 정서적 측면은 보잘것없는 존재의 슬픔을 감내하는 다짐과 이를 주체의 정념으로 전환하여 생의 가능성을 타진하는 승화와 관련된다. 인용한 시에서처럼

지극히 취약한 존재가 경험하게 되는 폭력적 현실에의 목도는 주체와 세계의 접촉면을 먹먹한 슬픔으로 치환되어 우리에게 전달된다. 고양이의 폭력성으로 말미암아 하나의 생명이 다할 때 "살아남은 까치들"은 "눈알을 빼고" 울 정도로 참혹한 슬픔을 표출한다. 이는 "늙은 벚나무"에게로 전이되어 "바닥"을 "흥건"히 적시고 "구름 속에 태양이 검은 옷을 입고" 울게 하여 우리에게도 슬픔이 각인되도록 만든다. 한 계단 한 계단 꾹꾹 밟으며 평이한 일상을 영위하는 존재의 죽음은 하나의 세계가 붕괴하는 경험과 삶의 상실이라는 고통을 공유하게 한다. 그러나 시인은 고통에 매몰되어 스스로를 잃게 하지는 않는다. 더는 삶을 영위할 수 없는 상황 속에서 "허물어진 계단이 슬픔으로 태어난다"는 것은 감정을 억압하지 않고 그 자체를 앓음으로써 승화된 상태로 이끌 수 있다는 것을 드러낸다.

"참았던 울음을 다시 울기 시작"하며 "허물어지고" "허물어진" 그녀가 지극한 슬픔 너머로 "새를 잘 떠나보내기를/ 새가 잘 날아가기를 바라"는 데에서 비롯한 "새로 생겨난 별자리/ 수호천사의 날개가 붙어 있는"(「그녀가 울고 있다」) 것처럼, 시인은 취약한 존재의 고통과 슬픔이 야기하는 정동을 환유적으로 펼쳐 내어 "서서히 구겨졌던 몸을 펴서 느리게 걸어"(「종이처럼」)갈 수 있으리라는 어떤 절실함으로 구성한다. 이를 '집'의 가능성이라고 할 수는 없을까. 저 바깥에 놓인 '집'이 아니라 시인의 내면에서 불가해한 타자성을 체현하고 이를 바탕으로 "천천히 길의 속도를 가"(「바게트 먹기—겨울 산행」)진 채 세계에 능동적으로 관여하는 행위자로서의 주체성, 그것을 구축하는 가능성으로서의 '집', 그로 인해 김예강 시인의 '집'은 승화된 정서로 말미암아 존재의 그리고 시의 단단한 기반이 된다.

슬픔의 책을 사 들고 집으로 간 사람들

「수습사원 재단사 K」의 원룸 창가에 놓인 식물은 수생식물이었다. 물속에서 성장하는 식물의 총칭으로서의 수생식물은 K 자신이 식물이 되는 환상성과 결합하여 협소한 존재의 기원을 톺아보는 기제로 작용하기도 한다. 이는 여타의 시편에 나오는 '바다'가 의미하는 바와 같이 존재가 돌아가야 할, 혹은 시적 주체가 가 닿기를 바라는 시원적 장소를 갈구하는 것으로 볼 수 있다. 이와 같은 '물'의 이미지는 존재의 원체험이 각인된 장소를 상징하면서 시적 주체에게 결여된 것을 깨닫게 하여 불안의 원인으로 작용하기도 한다. 그럼에도 끊임없이 시 안에서 현시되는 이유는 '눈물'의 카타르시스처럼 존재로 하여금 불안으로 인해 타자화되지 않고 스스로를 주체로 밀어 올릴 계기를 마련하기 때문일 것이다.

제단에 오른 사제가
깊숙이 몸을 숙여 제대에 입맞춤을 한다
당신의 종, 낮은 자리의 종이오니

등을 낮게 구부리는 순간

물방울
사제는 동그랗고 작은 물방울

낮은 곳으로 낮은 곳으로
흐르는 물방울
가벼워
두둥실 떠오르는
물방울
날아가는

물방울

물방울에서 물방울이
작은
물방울이

커다란 물방울이 된다

지구처럼 커다란 물방울
태양처럼 커다란 물방울

모든 것에 모든 것이 되는
물방울이 된다

—「물방울」 전문

"제단에 오른 사제가" "제대에 입맞춤을 한다". 그러자 그
는 "동그랗고 작은 물방울"이 된다. 물론 이때의 '물방울'은
실제의 물방울이라기보다는 상징적 맥락으로 전치된 것으
로 보는 게 옳다. "낮은 자리의 종"으로 명명하며 "낮게 구부
리는" 행위를 수행함으로써 '사제'는 "낮은 곳으로 낮은 곳으

로/ 흐르는 물방울"처럼 낮은 데로 임하는 성자의 자리에 놓인다. 하나의 "작은/ 물방울"은 다른 물방울들과 모여 "커다란 물방울이 된다"는 점에 주목하자. "구불하고/ 좁은/ 물길"(「물 발자국」)이 되어 앞선 존재가 되려는 의지는 개인적 영달을 위해서가 아닌 전 존재의 평화와 위안, 그중에서도 고통받는 이들을 위한 숭고한 희생을 수행하는 데 있다. 이를 단순히 종교적 층위에서 볼 필요는 없다. 정신은 어떤 움직임을 이끌며 그것은 타자를 향한 공감과 위안을 가능하게 하는 자기 갱신의 수행에 가 닿는다. 정화를 의미하는 '물'의 원형적 상징과 결부되어 숭고한 형태의 삶을 지향하려는 태도인 셈이다. "모든 것에 모든 것이 되는/ 물방울"에의 수행은 결여된 존재의 연대를 가능하게 하며 주체의 지평을 "지구처럼" 혹은 "태양처럼" 우주적인 층위로까지 확장시킨다. 이는 '집'이 사적인 공간으로 제한되지 않고 집(宇)과 집(宙), 개인과 개인이 만나 '우주(宇宙)'라는 질서 있는 통일체로서의 세계로 넓게 퍼져 나갈 수 있도록 돕는다.

물론 이러한 확장 의지는 낭만적 비전에 가까운 것으로 폄하될 위험이 농후한 것도 사실이다. 숭고함에 바탕을 둔 선구적 존재를 요구하며 그의 희생에 의존할 수 있기 때문이다. 그러나 "안부가 되지 못한 표정이/ 우리의 얼굴에서 지고 있다"(「구름의 표정」)는 부정성과 자기기만으로부터 우리의 얼굴을 되찾는 계기가 될 것은 분명하다. 그러기 위해서는 "재촉도 성냄도 없이 풀어내는 말들/ 이 여리고 따스한 빛은 어떻게 오는지/ 어디서 머무는지"(「햇살이라 불리는 장미를 사다」) 알지 못하더라도 폐지 줍는 노파의 "겨드랑이에 막 날개가 돋아나"(「그녀의 날개」)는 것을 알아채는 시선과 "두 팔이 날개란 걸/ 물속에서 보여 주고 싶어// 날개를 접고/ 내가 박차고 오른 수면/ 얼음 위에서/ 너를 안"(「얼음 위 식사」)으려는 마음이 요청되는 것도 사실이다. 허나 시적 주체의 바람과는 달리 시에서 재현되는 대상은 결여를 자신의 존재 방식으로 수용하고 있는 것만 같기도 하다.

> 그러나 저편 혼자 새해를 맞이하는 아침처럼
> 생일날 부서진 장난감을 손에 쥔 어린아이처럼
>
>
> 천천히 고개를 숙이고
> 밀려오는 물결의 가장자리에
> 그림을 그리는 사람들
> 해변에서 발이 없는 사람들
>
> ─「작은 별이 해변에서」 부분

어떤 구름을 입고 아주 먼 곳으로

흘러간다 하나의 별인 채로 아직도 하나의 별인

그는 무섭지 않은 표정 속에

웃어도 웃는 표정이 아닌 표정인 채로

우의를 벗지 않은 채로

우의 속에 표정을 가린다

— 「구름의 표정」 부분

눈이 사라진 자리에 입술은 지저귄다 귀가 사라지고 입술이

코가 퇴화하여 입술로 입술이 한 송이 꽃이

흔들린다 붉은 참말이 흔들린다

거짓말이 거짓말에 기댄다

— 「수국정원」 부분

　　김예강 시인의 몇몇 시편에서 재현된 대상은 "지구가/ 기울
이는 몸을 따라 기우뚱해지는 사람들"(「작은 별이 해변에서」)
이다. 그들은 "고개를 숙이고/ 밀려오는 물결의 가장자리에/ 그
림을 그리는 사람들"이자 "발이 없는 사람들"이다. 물결에 의해
지워질 그림을 그리는 이들은 자신의 토대를 구축하지도 그

것을 지켜 내지도 못한다. 그저 흐름에 따라 기우뚱하게 휩쓸리는 존재이다. 어른이 되어도 자라지 못하는 사람들은 눈과 귀, 코를 잃고 "입술"만을 지니고 있다. 입술은 진실을 이야기하기보다는 "거짓말에 기댄" 채 허위를 가장한다. 그러므로 "웃어도 웃는 표정이 아닌 표정인 채로" 자신의 "표정을 가"리고 숨기기에 급급하다. 얼굴을 드러내지 못하거나 간혹 드러낸다 해도 얼굴을 가장해야만 하는 사람들, 스스로를 기만하는 이들은 타자의 자리로 밀려날 수밖에 없다.

그러나 여기에서 생각해 봐야 할 점이 있다. 그것은 그들로 하여금 기만의 자세를 취하도록 하는 세계의 문제이다. 표정을 감춰야만 하는 특정한 맥락 속에 존재를 자리하게 하는, 눈과 귀와 코를 잃게 만드는 원인이자 발을 잠식하는 물결의 세계, 자율적 주체로 자리매김할 수 없도록 하는 세계는 "건물이 빠지고 새 건물이 금방 심어"(「7시 25분 시티 지나기」)지며 "오직 현장 그 바닥만 있"(「오늘」)어 "어떤 사람이 되지 않는 곳으로"(「12살 마태오의 해변—감정들」) 우리를 내몰며 주어진 환경에 자동화된 상태로 복무하도록 강제한다. "지붕 위로 지붕 위로,/ 피어나는 빌딩"으로 환유되는 세계의 요구를 "아득해서 아름다운 이곳"으로 간주하게끔(「100층 옥탑방」), '나'를 지우고 이미 거기 있는 법칙만을 수용하게끔 한다.

그런 점에서 앞에서 이야기한 시적 대상이 취하는 자기기만의 행위는 세계의 강제로 말미암아 휩쓸릴 수밖에 없는 불가피함이자 타자화된 자신을 지워 내는 한편에서 스스로를 보존하려는 능동적 행위인지도 모를 일이다. "찌그러져 가고" "녹아내리"고 난 후에야 "비로소/ 말을" 할 수 있게 되는 것이라고(「드로잉」), 자신의 언어를 지닐 수 있게 되는 것이라고 김예강 시인은 말하고 있는 것은 아닐까. "두드린 문이 조금씩 열렸지만 바람은 열린 문을 다시 닫아 버"리고 "삐걱대다 닫힌 문은 비장한 손에 거머쥔 운명들을 놓아 주지 않"지만 "집에 닿기까지,/ 이 폭설을 다 맞"으며 극복해 나아가겠다는 강한 의지를 드러내면서(「흰죽」).

이곳을 벗어나 보렴

두렵고 어려운 일이지만 "자꾸 해 보는 수밖에"(「셀프 주유—감정들」) 없다. 회피하는 일은 주체를 위태로움 속에 내버려 두며 종국에는 존재의 상실을 야기하고 만다. 그러나 시인은 「스윙 인 흰여울」 연작에서 보듯 팬데믹 상황에서 격리된 방에서 판매할 옷을 입고 스윙을 춤으로 "닫힌 문으로 열리는 바깥을 꿈꾸며"(「스윙 인 흰여울―이전 개업」) "슬픔의 공동체"(「스윙 인 흰여울―창을 열다」)를 구축하고자 한다. 부조리한 상황 혹은 억압된 상황을 회피하여 자신을 위태롭게 만드는 것이 아니라 결여를 인정하고 슬픔을 마주하여 '나'를 수면 위로, 의식 위로 떠오르게 함으로써 타자들의 공동체를 구성하여 각각의 존재를 주체의 자리에 서도록 하는 것이다.

도시는 딱딱하고
싱싱한 꽃이 피었다
망망 초원이고
게르이고
검고 작은 씨앗이고
누구의 배꼽

도시는 싱싱한 꽃을 팔았다
가설했다 도시는 향기를 가설하고
가을을 가설하고
가설한 행복을 심었다

도시에 사이렌이 울고
가설정원은 개장했다
정원 관람객은
시들지 않는 꽃들을
관람했다

유랑극단 서커스를
상상하고 나는
수직정원 꽃들을 소비했다
꽃을 사러 왔나요 핸드메이드
꽃들은 신발을 벗지 않았다
벽에 붙은 꽃은 뛰어내리지는 않았다

도시는 밤에 꽃들을 방목했다
혹자가 유목정원이라고 했다
도시는 트럭에 가을정원이라는 간판을 떼어 넣고
가축을 몰고 초원을 찾아 떠났다

— 「가설정원」 전문

표제작을 보자. '가설정원'이 개장한 도시는 "딱딱"한 인위적 공간이며 "망망 초원"이지만, "게르"이기도 하고 "검고 작은 씨앗"이자 "누구의 배꼽"으로 의미를 지닌 장소이기도 하다. 이-푸 투안(Yi-Fu Tuan)의 공간과 장소 개념을 빌려 말하자면, 공간은 추상적이면서 개방되어 있기 때문에 미래를 제안하며 행동을 촉발시킨다. 그러나 개방되고 자유로운 상태는 노출되고 취약한 상태를 의미하기도 한다. "망망 초원"인 도시 공간은 '씨앗'과 '배꼽'의 가능성을 지닌, 개방되어 자유로운 한편에서 확립된 것이 없어 정주할 수 없는 유목민의 '게르'처럼 임시적 속성을 지닌다. 공간은 기존의 가치들이 내재된 평온한 중심지로서의 장소가 지닌 안정과는 거리가 먼 '가설'된 것이어서 사람들로 하여금 점유할 수 있는 위치를 알 수 없어 불안정한 상태로 떠돌게 한다. 그곳에서 피는 "꽃"은 "향기를 가설하고/ 가을을 가설하고/ 가설한 행복을 심"어야만 비로소 "싱싱"해질 수 있으며 "시들지 않는"다. 즉 "핸드메이드"된 꽃, 일종의 조화(造花)로 존재할 따름이다. "신발을 벗지 않"고 자신을 억압하는 "벽"으로부터 "뛰어내리지"도 않는다. 인위적 공간의 개방성은 움직임을 통해 자유를 만끽할 수 있지만, 임의성과 임시성으로 인해 장소의 충만을 경험하기 어렵고 언제든 존재의 의미를 상실할 위험에 노출되어 불안에 휩싸이게 만든다. 그런 점에서 '가설정원'은 피투된 존재의 기투를 분명하게 보여 주는 상징이기도 하다.

대다수 우리가 생활을 영위하는 공간은 '가설정원'으로서의 '도시'이다. 그곳에서 우리는 정주하지 못한 삶을 살아가고 있다. "혹자가 유목정원이라고 했"듯이 마치 '수습사원'처럼 소속감 없이 우연성에 휩쓸리며 스스로 취약한 처지로 내몰고 있는지도 모른다. 그런 이유로 "가설한 행복"이 아닌 "씨앗"의 가치가 발아할 수 있는 곳으로 떠나야 하는지도 모를 일이다. 물론 삶의 진실이 무언가를 완성해 내는 데 있는 것은 아닐 수도 있다. "가을정원이라는 간판을 떼어 넣고/ 가축을 몰고 초원을 찾아 떠"나는 행위 자체, 그 수행성이야말로 존재를 주체로 자리매김하는 사건일 수 있기 때문이다. 그러나 이는 저 외부에서 구해야 할 무엇은 아닐 것이다. 인위적인 공간 안에서 '집'을 구축하여 사회적 역할과 사회적 관계를 통해 일상적인 삶을 느낌으로써 안정과 위안의 정주지, 즉 장소를 마련할 수도 있다. 주체의 시원은 저 불분명한 공간에서 자신의 장소를 만들어 타자와 주체를 마주하게 하고 이를 통해 실제를 경험하는 일로부터 비롯되는 것인지도 모른다.

"내가 주인공인 연극에/ 나의 의자를 찾아 두리번거리는 나"(「라임나무를 심다―꿈」)의 실제를 거짓으로 치부할 필

요는 없다. 식물의 열매 혹은 '시의 율'인 라임을 지금의 '나'를 있게 한 시원으로 경험하는 일이야말로 김예강 시인이 우리에게 전하는 삶의 자세가 아닐까. 세계와 충돌하는 존재의 삶이 그 자체의 '라임'으로 구축된 장소가 된다면 그것만큼 멋진 일이 어디 있을까. 그 꿈을 계속 지니고 있다면 시인의 '가설'은 참인 명제로 시적 주체의 분명한 토대가 될 것이 분명하다.